Collection Georges Feydeau

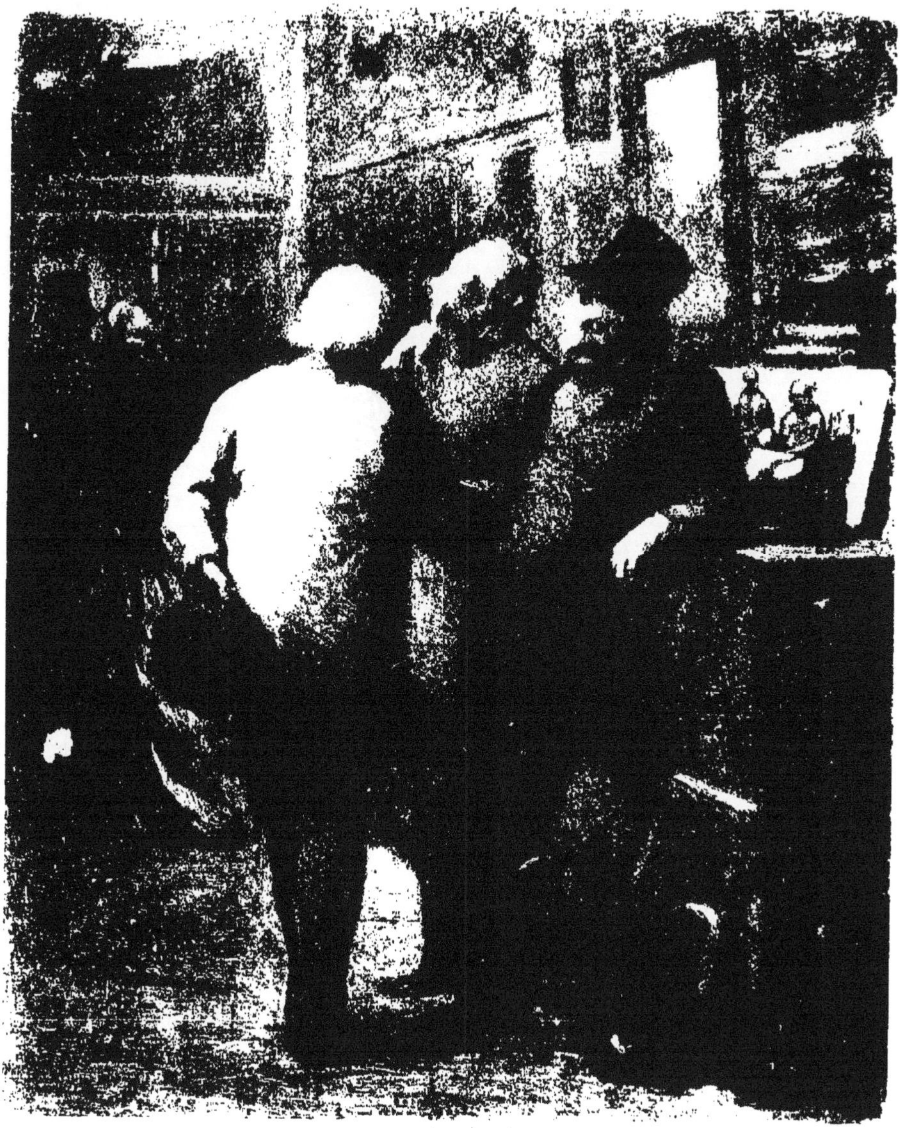

Hôtel Drouot. — 11 Février 1901

M. PAUL CHEVALLIER   MM. BERNHEIM JEUNE

Ceci
j'ai eu!

CATALOGUE

des

Tableaux Modernes

Aquarelles, Gouaches, Pastels, Dessins

composant la collection de

M. GEORGES FEYDEAU

Et dont la vente aura lieu à Paris

HOTEL DROUOT, Salles 9 & 10

Le Lundi 11 Février 1901, à 2 heures

COMMISSAIRE-PRISEUR :

Mᵉ PAUL CHEVALLIER

10, rue de la Grange-Batelière

EXPERTS :

MM. BERNHEIM JEUNE

8, rue Laffitte

36, Avenue de l'Opéra

EXPOSITIONS, Salles 9, 10 et 11

PARTICULIÈRE

Le Samedi 9 Février

PUBLIQUE

Le Dimanche 10 Février

de 1 heure 1/2 à 6 heures.

(Entrée par la rue de la Grange-Batelière)

ORDRE
DE LA VACATION

1. Dessins. — 2. Gouaches. — 3. Aquarelles.
4. Études. — 5. Tableaux.

Pour les détails, se reporter

au grand Catalogue.

Préface

Les collectionneurs sont des gens d'humeur bizarre et, d'ailleurs, fort heureux. On comprend que leur psychologie ait tenté Balzac, nous introduisant dans la galerie de tableaux du cousin Pons. Ils ont des âmes de conquérants et de découvreurs de pays, insatiables en leurs ambitions, et qui voudraient tout posséder. Et comme, il n'est pas de fortune qui leur permette de tout avoir, dans la spécialité d'objets d'art où s'est arrêté leur choix, ils veulent, au moins, avoir eu de tout. De là le goût des amateurs de tableaux pour les échanges, pour les changements dans leurs galeries artistiques, et la facilité avec laquelle ils mettent en vente, au moment qu'ils tiennent pour bon, une partie de leurs richesses. Ce sont, en quelque façon, les Don Juan de l'art: et s'ils ont quelque regret à laisser partir Elvire, longtemps possédée, ils se consolent vite en songeant à Zerline, vers qui va leur nouvel amour. C'est à cette humeur changeante des collectionneurs que nous devons de voir mettre en vente la galerie de tableaux de M. Georges Feydeau, galerie classée parmi les plus belles qui aient été réunies en ces dernières années, et dont la dispersion aux enchères sera l'événement important de la saison pour les amateurs de tableaux.

M. Georges Feydeau est collectionneur dans l'âme, sachant, d'ailleurs, de qui tenir. Son père, romancier doublé d'un archéologue, avait l'amour des livres rares et avait réuni une admirable bibliothèque.

M. Georges Feydeau a tourné son goût vers la peinture, qu'il pratique quelque peu, mais modestement et sans songer à faire figurer ses paysages dans sa galerie, à côté des Corot et des Boudin. Seulement, être un peu du métier ne nuit pas au collectionneur de tableaux. Bien qu'on puisse être un amateur éclairé en peinture sans avoir appris d'expérience la technique de l'art, sa connaissance ajoute certainement à la sûreté des choix. Ce qui caractérise le collectionneur-né, c'est qu'il procède toujours par entraînement et passion, plus que par la volonté réfléchie d'être collectionneur. C'est ainsi que M. Georges Feydeau a formé, peu à peu, sa magnifique galerie, nombreuse et choisie à ce point qu'il met en vente plus de cent tableaux, tous de prix. Il commença par un tableau qui lui plaisait. Puis ce fut un second, pour faire un pendant, puis un troisième,.... pour comparer. Et, comme toute passion qui s'empare de nous ne manque jamais de nous séduire par quelque bonne raison qu'elle nous chuchotte à l'oreille, de trois ou quatre tableaux, ornement d'un petit salon, M. Georges Feydeau arriva en sept ou huit ans à la centaine, bientôt dépassée, et à constituer une galerie haut placée dans le monde des grands amateurs. Et, ses succès au théâtre permettant à M. Georges Feydeau de satisfaire son goût, il s'y abandonna tout entier.

Non sans choix, non sans un parti-pris et une règle, devenus plus éclairés et plus sûrs avec l'expérience. Composer une galerie de tableaux n'est pas seulement une affaire d'argent et de hasard. C'est une sorte d'œuvre personnelle. Aussi il n'est guère de galerie vraiment belle qui n'ait sa note spéciale, son caractère propre. C'est le cas pour la collection aujourd'hui mise en vente : et ce caractère particulier consiste à nous présenter une sorte d'historique du paysage français depuis 1830 et son renouveau jusqu'à nos jours, tantôt par des spécimens très caractéristiques, tantôt par un nombre assez considérable de tableaux pour qu'on puisse dire, comme pour Boudin, que toutes les variétés de la manière d'un grand artiste sont chacune largement représentées.

Le renouveau du paysage date, chez nous, du mouvement de 1830, parallèlement au mouvement littéraire des romantiques, mais assez différent de celui-ci. Si, en effet, les rénovateurs du paysage furent de très grands poètes, ils furent aussi très épris de vérité et de réalité. Ils aimèrent, ce qui parait bien simple et fut, pourtant, une sorte de révolution dans l'art, la Nature naturelle. Les beautés de la nature n'avaient, certes, pas échappé aux artistes leurs prédécesseurs. Il est même curieux de retrouver chez quelques uns, (Salvator Rosa à Florence ou Velasquez à Madrid), des paysages qui, de sentiment et de facture, semblent être de la main de ses contemporains, Corot ou J. Dupré. Mais l'école classique de paysages en France, en dépit de quelques toiles qui furent des accidents dans son histoire, appliquait à la nature des règles de compositions enseignées pour la peinture d'histoire et n'abordait l'étude de la lumière qu'avec des restrictions et des conventions. L'école de 1830 retrouva la liberté en se rapprochant simplement de la vérité. Tout, dans notre art de paysage, qui a été poussé au plus au degré, vient et dérive de ces maîtres, même les œuvres des impressionnistes qui, avec une formule nouvelle, n'en cherchent pas moins à être vrais, en voulant traduire l'effet premier que la couleur des objets cause pour les yeux, dans des conditions particulières et choisies de la lumière.

De ces maîtres de 1830, nous retrouvons ici, Corot, le

grand poète, avec deux toiles blondes et dorées. En Corot, l'évolution du paysage s'affirme dans l'œuvre d'un même homme. Quel amateur ne se souvient du tableau de concours de Corot, *Agar dans le désert ?* La sécheresse d'un dessin précis et savant s'y montre en plein. Cette science du dessin indispensable, Corot la posséda toujours et n'eut garde de vouloir l'oublier. Seulement il sut la dissimuler par la liberté de son exécution, telle qu'on a pu dire de lui qu'il arriva à donner l'impression de la nature vivante et en mouvement. Les mêmes mérites se retrouvent dans le paysage de Français, d'un si charmant effet de lumière, et dans un exquis tableau d'Harpignies où le maître a fait une large part au jeu de la lumière sur ses " portraits d'arbres " si sûrement dessinés.

C'est encore Diaz et Isabey, représentés par des œuvres de leur meilleure manière, c'est-à-dire la plus près de la nature : Charles Jacque, avec des animaux dans un paysage, enfin Ziem, avec trois toiles de première importance, dorées à la façon du Lorrain ou délicieusement argentées. C'est pour des peintres comme Ziem, qui ont énormément produit, que le goût et le choix sont nécessaires au collectionneur. Il a été, ici, parfait, car ces toiles de Ziem ne sont pas de celles qu'il exécutait en véritable *fa presto* pour faire " bouillir la marmite ", mais de celles qui ont été amoureusement soignées pour assurer le renom et la gloire du peintre.

Ces maîtres, déjà curieux et consacrés par le temps, le grand juge qui met tout à sa place et qui leur a donné la renommée, ont eu, dans la génération qui les a suivis et qui est plus près de nous, non pas des imitateurs — qui imite s'infériorise — mais des disciples qui ont marché dans leur voie avec leurs qualités propres. On les retrouve ici, plus particulièrement représentés par les Guillaumin, dont la galerie de M. Georges Feydeau ne possède pas moins de sept toiles considérables. Les décrire n'est pas ma tâche : le catalogue y suffit et en donne des reproductions. Mais ce qui est à noter en passant, c'est l'extrême variété d'aspect de ces toiles, encore que quatre ou cinq d'elles nous montre la même région. C'est le pays de Crozant, la terre si pittoresque que les deux Creuses enserrent de leurs replis, nature âpre l'hiver, riante l'été, si plaisante sous ses deux aspects de désolation et de charme, que non seulement des peintres, mais des poètes comme Rollinat, en ont fait leur patrie d'élection. Crozant est à M. Guillaumin, comme Fontainebleau à Diaz et Barbizon à Jacque, et, comme eux, il a décrit avec amour son domaine favori.

En marge de l'œuvre des maîtres de 1830 et de ceux de leurs émules et rivaux les plus directs, on peut inscrire celle de deux peintres, inégaux et très personnels que je retrouve ici : Courbet et Jongkind représentés par quatre toiles. Le tableau de Courbet est un effet de neige, aspect de la nature qu'il excellait à exprimer et qu'on retrouve dans nombre de ses plus belles compositions. Jongkind est un de ces maîtres exquis et inégaux, dont un critique avisé a dit qu'avec eux il fallait savoir choisir non pas même l'année, mais l'heure. Son système de colorations par taches franches, qui ne se dégradent pas, choque lorsqu'il est poussé à l'excès et donne des merveilleux résultats lorsqu'il est appliqué avec mesure. C'est le cas, ici, dans des vues de ports et de canaux hollandais et dans un de ces " Paysages de Ville " si recherchés aujourd'hui, qui est, dans l'œuvre du maître une note toute spéciale.

J'ai dit, et quelque paradoxale que quelques-uns puissent trouver cette opinion, je ne m'en dédis pas, que les paysagistes d'aujourd'hui, si avancés qu'ils puissent être dans la liberté de leurs formules d'expression et dans la nouveauté des efforts cherchés étaient les fils, émancipés sans doute, mais légitimes, des maîtres de 1830. On se convaincrait aisément de cette vérité par l'étude des tableaux de Pissarro, Cézanne, Claude Monet et Sisley, que contient le cabinet de M. Georges Feydeau, ce qui lui donne ce caractère, sur lequel j'ai insisté, de nous offrir un résumé de l'histoire du paysage d'un demi siècle. C'est cette vue, je pense, plus qu'un simple goût d'éclectisme, qui lui a fait acquérir ces toiles des maîtres derniers du paysage, non toujours en d'uniques échantillons, mais encore en leurs manières variées qu'on peut apprécier en sept toiles de M. Sisley et en six de M. Claude Monet. Les toiles de Sisley représentent presque toutes des paysages de rivière, avec des eaux et des ciels à côté des fabriques, ce qui permet d'apprécier la façon dont l'artiste profondément original traite des aspects de la nature très divers et l'impression de la lumière dans l'espace et sur les corps fluides ou liquides. L'étude de cette variété de la lumière selon les objets qu'elle touche ou qu'elle pénètre est, à mon sens, le grand secret et l'originalité propre des peintres qu'on appelle — d'un mot que je n'aime pas, — les impressionnistes. Claude Monet n'est pas ici, je le reconnais, le peintre des cathédrales et des murs d'église qui s'est révélé et que la mode a adopté en ces derniers temps. Il est resté le peintre des paysages de terre et de mer, allant de la prairie et du champ de coquelicots aux roches d'Etretat et de Belle-Isle, entourées de la ceinture d'argent de la mer, et il y gagne d'être infiniment plus varié dans le choix de ses effets.

Si éclectique que soit un amateur, si désireux qu'il se soit montré de réunir autour de lui des maîtres divers, il y a toujours un de ces maîtres qui lui plait et le captive entre tous. Le maître, pour M. Georges Feydeau, a été Eugène Boudin. Trente-quatre toiles de ce peintre exquis, qui vient de mourir, ont été choisies, triées, rassemblées par lui. Grâce à cette collection, que je crois à peu près unique parmi les admirateurs si nombreux de ce grand artiste, on peut suivre Eugène Boudin à travers tous ses pélerinages d'art. On le retrouve à Rotterdam, à Amsterdam, à Anvers, à Venise. On suit avec lui, d'étapes en étapes, la ceinture de plages qui environne notre France du Nord et de l'Ouest ; à

Berck, à Trouville, à Deauville, à Douarnenez, sur la Gironde. En des toiles admirables, vraies et subtiles d'effet, fortes et fines, il nous met en face de la nature, tantôt presque solitaire, tantôt peuplée par la foule. Car quelques unes de ces toiles d'Eugène Boudin, représentant des stations de bains vivantes par les rendez-vous de fête, sont de véritables tableaux de genre ; et, à voir la perfection avec laquelle sont traités les personnages, l'originalité et la vérité de leur allure, l'éclat de leurs taches colorées, on croirait que comme maint peintre italien ou flamand il a fait exécuter par un peintre de genre, les figures jetées à profusion dans ses paysages. Il n'en est rien. Et tandis que les mérites de facture, appliqués à des effets à l'infini variés, ici dramatiques, là charmants, colères et sourires de la mer et du ciel, restent toujours égaux à eux-mêmes, c'est-à-dire supérieurs, chaque toile porte l'empreinte particulière du lieu qu'elle représente. Dès 1877, un critique très avisé, Duranty, plaçant déjà Eugène Boudin au premier rang, faisait remarquer dans son œuvre cette note de vérité et disait de lui que la mer, la mer moderne — c'est-à-dire vue en oubliant toute formule — avait trouvé en cet artiste son peintre définitif. Quand je demandais à M. Georges Feydeau à quoi il passait son temps lorsqu'il n'écrivait pas des pièces de théâtre, il me répondait : « Je cherche des Boudin ». L'occupation pouvait paraître inquiétante à mon amitié. Devant l'admirable ensemble de cette collection, je dois reconnaître qu'on ne pouvait s'occuper à mieux qu'à la rassembler.

Quand on aime l'art de la peinture, on l'aime en toutes ses manifestations. C'est dire que si les peintres de paysages sont les plus nombreux dans le cabinet de Georges Feydeau, ils n'y sont pas seuls et s'y trouvent en très bonne et noble compagnie de peintres de figures.

Parmi ceux-ci se trouvent des portraitistes, tels que Ricard et M. Carolus-Duran, dont les œuvres ne seront pas mises en vente. Deux exceptions seulement ont été faites pour deux figures qui ne sont pas des portraits de famille : l'une est une étude très brillante de femme africaine, de M. Carolus-Duran ; l'autre une tête de jeune fille de ce maître si délicat que fut Ricard, dont les œuvres toujours exécutées lentement et avec amour sont si rares et si recherchées.

La réputation de Ricard, artiste très modeste, exposant peu, a été presque une gloire posthume. La valeur de son œuvre s'est surtout affirmée après sa mort, quand des expositions rétrospectives ont montré aux amateurs des toiles comme les portraits de Madame de Calonne et du Comte Orloff. On peut en dire autant pour les peintures de Daumier. Le catalogue en indique deux, d'une importance capitale : " *Les Baigneurs* " et " *Les Amateurs chez le peintre*". On a souvent appelé Daumier le Michel-Ange de la caricature. Quelque chose de cet éloge doit être gardé pour ses peintures, d'une force et d'une exécution incomparables, où l'ironie de la charge s'unit à la maîtrise de l'histoire.

Deux toiles importantes d'Auguste Renoir tiennent le milieu entre le paysage et la peinture de genre, par les figures qu'elles nous offrent, en même temps qu'un très beau spécimen de nature morte: *La Vasque aux Pivoines*. Ribot est représenté au catalogue par quatre numéros, dont l'un est un " paysage de ville ", vue de la propre maison du peintre. On sait quel fut ce maître, le roi de cette manière d'opposer l'ombre et la lumière que les traités de peinture appellent d'une façon un peu surannée, le " clair-obscur ". Nous désignons plus simplement le grand artiste en le rangeant parmi les plus puissants coloristes de notre temps par sa simplicité. Cette belle simplicité de moyens se retrouve, avec un charme délicat, dans la composition de Alfred Stevens, *La Liseuse,* qui est de la plus belle époque du maître des intérieurs modernes. Enfin M. Roybet a ici une toile qui, en des proportions moyennes, est une de ses grandes compositions. Toutes les qualités rares de l'artiste se trouvent dans cette toile " *Les Corporations* ", conçue dans le sentiment des œuvres des grands hollandais: l'art du groupement, la précision des portraits, l'éclat du coloris et de la lumière. C'est, dans l'œuvre de M. Roybet, un morceau de choix.

Telles sont, en négligeant quelques pièces moins importantes, encore que chacune ait son intérêt, et qu'on trouvera au catalogue, les œuvres qui vont se disperser aux enchères. Elles ont été réunies, en dix ans, avec infiniment de patience et de goût. Leur possesseur avait trouvé sa joie à former ce cabinet. Sa mise en vente sera une source de joie pour d'autres amateurs. Je ne vois pas, pour mon compte, partir sans un peu de regrets mélancoliques ces œuvres charmantes, que je revoyais souvent, me plaisant à y découvrir des beautés nouvelles, comme il arrive pour les belles choses, qu'on parvient lentement à posséder pleinement. D'autres goûteront ce plaisir, que j'ai éprouvé une dernière fois, en écrivant ces quelques lignes sincères.

HENRY FOUQUIER.

TABLEAUX

1. — **Axentowicz,** L'homme au gant ...

2. — **Billotte,** Un pont à Montmorency ...

3. — **Bompard,** Intérieur africain... ...

4. — **Boudin,** La plage de Berck ... ...

5. — **Boudin,** Barques au soleil couchant.

6. — **Boudin,** Portrieux. ... ...

7. — **Boudin,** Le Port de Camaret... ...

8. — **Boudin,** Les Pêcheuses de Berck ...

9. — **Boudin,** Soleil couchant. ... ...

10. — **Boudin,** Vaches aux pâturages. ...

11. — **Boudin,** Le port d'Anvers. — 1871 .

12. — **Boudin,** Une Noce bretonne.. ...

13. — **Boudin,** La campagne près d'Etaples.

14. — **Boudin,** Vaches au ruisseau.. ...

15. — **Boudin,** Fête des Régates au Hâvre.

16. — **Boudin,** Marché de Trouville. ...

17. — **Boudin,** Rotterdam vue de la rive
gauche de la Meuse ...

18. — **Boudin**, L'heure de la plage.. ... | *1320*
19. — **Boudin**, Le Berger ... ... | *2200*
20. — **Boudin**, Rotterdam ... ... | *9000*
21. — **Boudin**, La Rade de Brest ... ... | *8900*
22. — **Boudin**, La Gironde à Lormont ... | *7600*
23. — **Boudin**, Sur la plage ... ... |
24. — **Boudin**, L'Eclaircie ... ... | *10.000*
25. — **Boudin**, Vue d'Anvers. — 1871... | *7500*
26. — **Boudin**, Venise. — La Salute vue de
      San Giorgio. ... ... | *14000*
27. — **Boudin**, Deauville ... ... | *1400*
28. — **Boudin**, Les Pêcheuses. ... ... | *7800*
29. — **Boudin**, L'arrière-port de Camaret... | *5200*
30. — **Boudin**, Environs de Trouville. 1878. | *8300*
31. — **Boudin**. Le Pardon en Bretagne ... | *4500*
32. — **Boudin**, Trouville, 74. ... ... |
33. — **Boudin**, Le Lavoir du Cheval blanc. |
34. — **Boudin**, Moulins au bord d'un Canal. | *4200*
35. — **Boudin**, Avant-Port de Trouville.. | *5100*
36. — **Boudin**, Douarnenez. — Baie et Rade. | *4600*
37. — **Caillebotte**, Les Perdrix. ... ... | *400*
38. — **Corot**, Derniers Rayons.. ... ... | *11000*
39. — **Corot**, La Tour ... ... | *18000*
40. — **Carolus-Duran**, La Fille de l'Emir. | *6600*

41. — **Courbet**, Le Ravin ... ...

42. — **Cézanne**, Les Peupliers *4 900*

43. — **Daumier**, Le Bain. *3 300*

44. — **Daumier**, Les Amateurs. *16.000*

45. — **Diaz**, La Clairière... ... ... *9 300*

46. — **Français**, Crépuscule au bord de l'eau. *2 200*

47. — **Guignard**, Les Meules en feu ...

48. — **Guillaumin**, L'Hiver... ... ... *1 500*

49. — **Guillaumin**, Gelée blanche. Ecluse
du Pont Charraut. (Crozant). *1 760*

50. — **Guillaumin**, Prairie à Saint-Chéron *1 430*

51. — **Guillaumin**, La pointe de la Male-
Raigue.. ... ... *2 000*

52. — **Guillaumin**, Vallée de la Sedelle...

53. — **Guillaumin**, Route de Crozant ... *1 700*

54. — **Guillaumin**, Les Bessons vus de
la Beaumette. ... *1 400*

55. — **Harpignies**, La fontaine Egérie ... *2 200*

56. — **Isabey**, Le Port.. ... ... *11 500*

57. — **Inconnu**, Justice royale. ... ...

58. — **Jacque**, Cheval et Moutons.. ...

59. — **Jongkind**, Canal en Hollande. ... *9 100*

60. — **Jongkind**, Environs de Nevers ... *7 800*

61. — **Jonkgind**, Les bateaux de Hollande.

62. — **Jongkind**, La rue de l'Abbé-de-l'Épée.	*10 000*
63. — **Lebourg**, Rouen . … … …	*1 150*
64. — **Lebourg**, Maisons-Laffitte … …	*1 500*
65. — **Lebourg**, Ivry-près-Paris … …	*1 150*
66. — **Lebourg**, Bord de l'eau. … …	*1 650*
67. — **Lebourg**, Boulogne. — La Douane..	*2 750*
68. — **Lépine**, La rivière sous bois.. …	*2 000*
69. — **Monet**, La roche d'Etretat. Le matin.	
70. — **Monet**, La roche d'Etretat. Le soir ..	
71. — **Monet**, Givre. — Temps gris. …	*12 100*
72. — **Monet**, La prairie. … … …	*7 200*
73. — **Monet**, Les roches de Belle-Isle …	*5 800*
74. — **Monet**, Le Champ de coquelicots…	*9 900*
75. — **Muraton**, Fleurs.. … … …	
76. — **Pissarro**, Rouen. La Côte Ste-Catherine dans le brouillard..	*11 000*
77. — **Renoir**, Le jardin à Fontenay. …	*7 700*
78. — **Renoir**, La vasque aux pivoines…	*4 500*
79. — **Renoir**, Après le bain.. … …	*1 400*
80. — **Ricard**, Tête de Jeune Fille… …	*10 200*
81. — **Ribot**, Ma Maison. … … …	
82. — **Ribot**, L'Armurier. … … …	
83. — **Ribot**, Gens de cuisine.. … …	*9 000*
84. — **Ribot**, La Mère et la Fille … …	*5 800*

85. — **Roybet**, Les Corporations		
86. — **Sisley**, Les bords du Loing... ...		
87. — **Sisley**, Un jardin à Louveciennes...	12000	
88. — **Sisley**, Le chemin de halage	8000	
89. — **Sisley**, Le pont de Moret	31000	
90. — **Sisley**, Le vieux pont à Moret. ...	5000	
91. — **Sisley**, Le pont d'Argenteuil.. ...	11000	
92. — **Sisley**, Trembles et Acacias ...	6000	
93. — **Stevens**, La Liseuse	5500	
94. — **Thornley**, Place du Marché, à Dieppe.	1650	
94bis. **Thornley**, Vue de Hollande.. ...		
95. — **Ziem**, Vue de Venise...	9900	
96. — **Ziem**, Constantinople. Sainte-Sophie	5610	
97. — **Ziem**, Le grand canal. Soleil couchant.	20000	

AQUARELLES

98. — **Boudin**, Intérieur d'église	
99. — **Boudin**, Trois marines	
100. — **Boudin**, I. Le Marché. II. La Crique.	
101. — **Boudin**, Bretonne allaitant	
102. — **Boudin**, La Bretonne...	
103. — **Boudin**, La Bretonne au rouet ...	
104. — **Boudin**, Intérieur breton	

105. — **Noël**, La Rive ... ...

106. — **Mastenbrock**, Rotterdam.. ...

107. — **Pissarro**, Au Débarcadère... ...

ÉTUDES

108. — **Boudin**, I. Etude de Marais . ...

109. — **Boudin**, II. Etude de Marais . ...

110. — **Boudin**, En Mer. ... ...

111. — **Boudin**, Rue de Village ... ...

112. — **Boudin**, Etude de vaches .. ...

113. — **Boudin**, La Porcherie . ... . .

114. — **Boudin**, Le Marécage.. ... ...

115. — **Boudin**, La Cour de ferme... ..

GOUACHES

116. — **Daumier**, Avocats sur un escalier. *4900*

117. — **Daumier**, Le Plaideur mécontent.. *4000*

118. — **Gavarni**, L'Idylle. ... ...

119. — **Lami**, L'Enlèvement. . ...

120. — **Lami**, L'Oiseleur. ... ...

121. — **Pissarro**, La Baigneuse aux oies ..

PASTELS

122. — **Besnard**, L'été.. ... ...
123. — **Billotte**, Vue du Palais de Justice.
124. — **Callot**, La Source ... ...
125. — **Guignard**, La Herse... ... ...
126. — **La Touche**, Clair de lune au large.
127. — **Lhermitte**, La Moisson ... ...
128. — **Montenard**, Le Pont.. ... ...

DESSINS

129. — **Bida**, L'heure du café.. ... ...
130. — **Chaplin**, Bergères au bain .. ...
131. — **Chaplin**, L'Artiste ... ...
132. — **Corot**, L'Arbre couché. *3 300*
133. — **Decamps**, Compère et Compagnon.
134. — **Diaz**, Sous bois. ... ...
135 — **Jacque**, Moutons au pâturage ...
136. — **Rousseau**, Paysage... ... ...

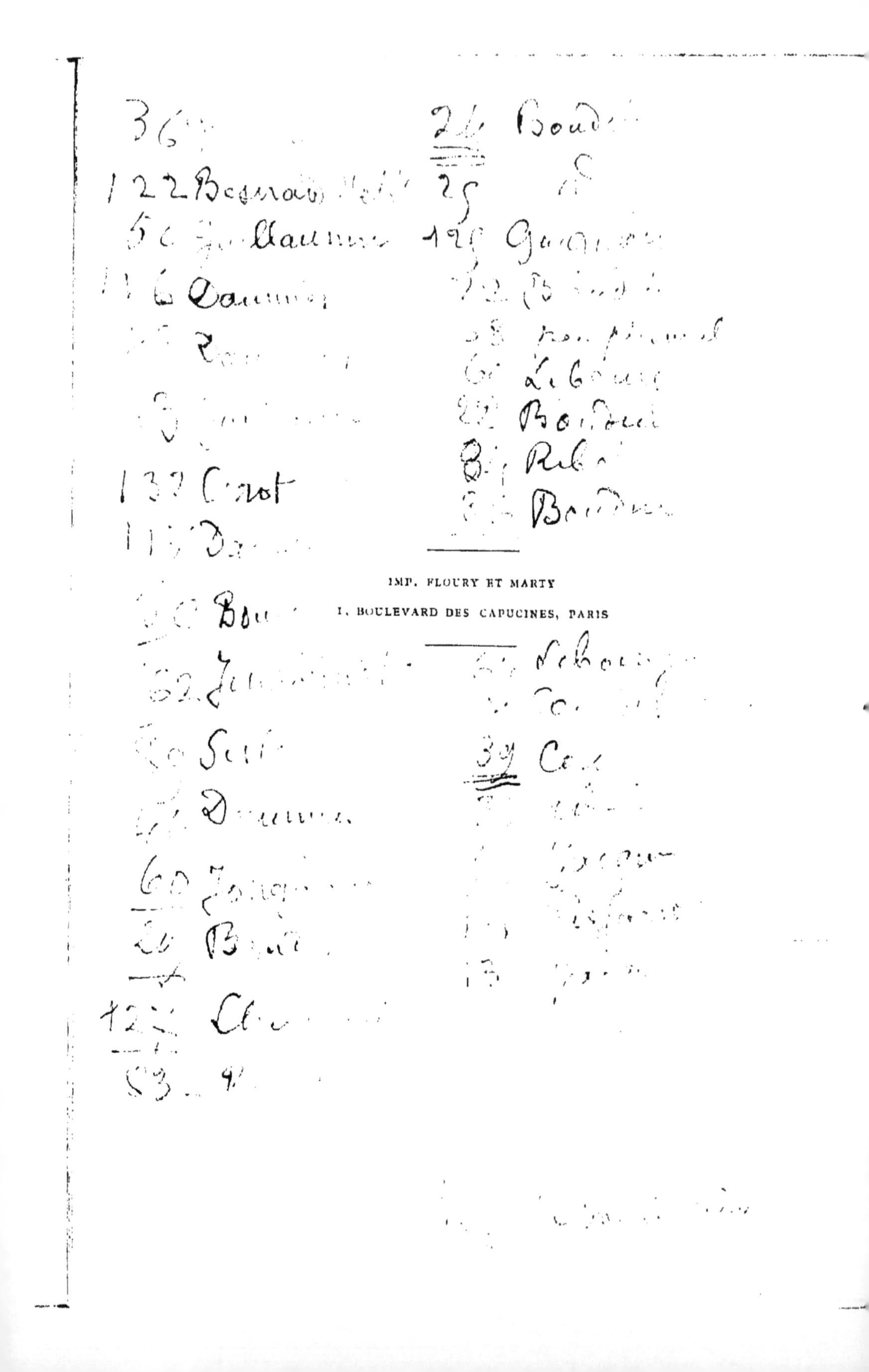

IMP. FLOURY ET MARTY

1, BOULEVARD DES CAPUCINES, PARIS

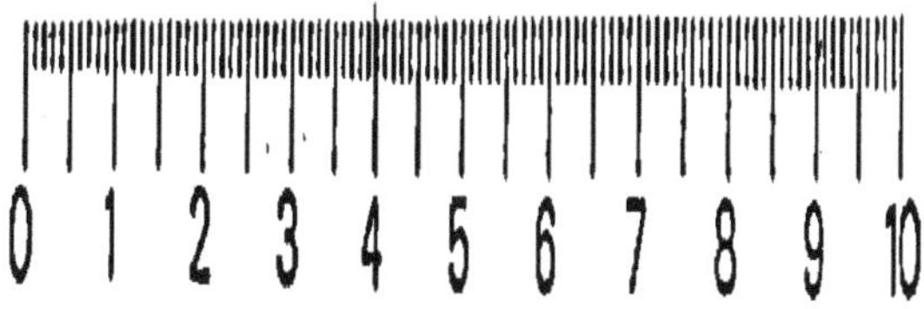

MIRE ISO N° 1
NF Z 43-007
AFNOR
Cedex 7 - 92080 PARIS-LA-DÉFENSE

3.79.89.70
graphicom

BIBLIOTHEQUE NATIONALE DE FRANCE

****

CHATEAU DE SABLE

1996

www.ingramcontent.com/pod-product-compliance
Ingram Content Group UK Ltd.
Pitfield, Milton Keynes, MK11 3LW, UK
UKHW031707170726

13836UKWH00001B/99